Fantasmas de día
Premio EL BARCO DE VAPOR 1986

Lucía Baquedano

ediciones **sm** Joaquín Turina 39   28044 Madrid

Primera edición: junio 1987
Trigésima segunda edición: agosto 2003

Colección dirigida por Marinella Terzi
Ilustraciones: Tino Gatagán

© Lucía Baquedano, 1987
© Ediciones SM
   Joaquín Turina, 39 - 28044 Madrid

ISBN: 84-348-2209-1
Depósito legal: M-28660-2003
Preimpresión: Grafilia, SL
Impreso en España / *Printed in Spain*
Imprenta SM - Joaquín Turina, 39 - 28044 Madrid

> No está permitida la reproducción total o parcial de este libro, ni su tratamiento informático, ni la transmisión de ninguna forma o por cualquier medio, ya sea electrónico, mecánico, por fotocopia, por registro u otros métodos, sin el permiso previo y por escrito de los titulares del *copyright*.

A Clara

1

CUANDO me morí, no lo entendí muy bien. Quiero decir que no supe cómo había sido. Ni siquiera sabía que estaba muerto, y cuando oí decirlo a los otros me dio rabia no haberme enterado de cómo me había muerto. Por eso empecé a pensar en lo ocurrido el día anterior, desde que me encontré con Seve.

Se veía que estaba de muy mal humor, porque fue todo el camino azotando con un palo los hierbajos. Seve siempre azota los hierbajos cuando está enfadado.

—Y ahora quiere que vuelva para estudiar y me ha buscado un profesor de sociales y francés. Estoy seguro de que será insoportable —dijo de repente.

—¿Quién?

—El profesor, ¿quién va a ser?

—Pues a mí me parece que el profesor no

te puede obligar a volver a tu pueblo. Además, el colegio estará cerrado y no creo que lo vayan a abrir sólo para ti.

—Dice que me dará las clases en el comedor de mi casa.

—Eso será si tu tía le deja. Tu tía tiene un genio horrible y no creo que quiera que un profesor entre en el comedor solamente porque a él se le pone en las narices.

—No lo entiendes. Al que se le ha puesto en las narices lo de estudiar en verano es a mi padre. Lo que yo digo..., ¿qué importancia tiene lo que hicieran los hombres de hace cientos y cientos de años?

Me pareció que tenía razón, así que se lo dije. Y de momento se puso muy contento, pero enseguida volvió a pensar en lo de los insuficientes y el profesor y se puso muy triste.

—No sé por qué tiene que pensar que mi actitud es negativa. Negativo es aprender las cosas que han pasado, porque ya no sirve de nada. Yo le dije que estudiaría muy a gusto las cosas que van a pasar... Tú figúrate, si en el libro pusiera que el dieciocho de agosto de dentro de cinco años invadirán España los rusos, nosotros podríamos ir ya

8

preparando la contraofensiva y sorprenderlos en los puntos estratégicos.

—Estudiar así, sí tendría sentido. Sería útil.

—Pero ellos nunca escriben los libros antes de que pase la historia... Además, lo tomó a mal..., el profe, quiero decir. Le contó a mi padre que, además de decir tonterías, yo le estaba tomando el pelo por todo lo que puse en el examen de estudiar la historia antes de que pase, y ahora mi padre está enfadado conmigo.

—Sí. Los padres se ponen furiosos por cualquier cosa. ¿También has cateado el francés?

Seve suspiró fuerte.

—También. ¿Y has visto tú mayor tontería que aprender francés?

—Bueno..., sirve cuando vas a Francia. Un día fuimos nosotros con mi madre y, como sabe francés y quería comprarnos pantalones, se entendió con la de la tienda.

—¿Y por qué hay que ir a Francia a comprar pantalones? —gritó Seve—. Cualquiera diría que aquí no hay pantalones... Mira, mira a tu alrededor y los verás a miles... ¡Pantalones! ¡Pero si no se ve otra cosa!

Yo miré a mi alrededor y sólo vi dos vacas y algunas ovejas y ninguna tenía pantalones; pero no se lo dije a Seve porque, como estaba tan triste, me daba pena.

—¿Tú no sabes lo que pasó en Babel hace cientos de años?

Yo tenía alguna idea; pero, como a mí tampoco me gusta estudiar la historia de las cosas que ya han pasado, se me olvida todo enseguida.

—¡Bah!, ésa es otra clase de historia —me contestó cuando se lo dije—. Es de unos hombres muy orgullosos, que querían hacer una torre que llegara hasta el cielo para ser tan altos como Dios. Y entonces, Dios los castigó y les cambió las lenguas, y como unos hablaban en francés, otros en inglés, otros en catalán, otros en ruso y otros en sudamericano, no se entendían nada y se quedaron sin poder terminar la torre, porque a lo mejor iba el arquitecto y le pedía al aparejador los planos y el aparejador le daba un alicate, y el carpintero le pedía al albañil los clavos y el otro le pasaba el berbiquí.

—¡Ahí va! ¿Y eso qué es?

—¡Yo qué sé! ¿Cómo quieres que lo sepa

si me obligan a estudiar sociales y francés que no sirven para nada, cuando hay tantas cosas útiles que no me dejan ni mirar?

Y Seve empezó a lamentarse de que acabaría siendo un ignorante por obedecer a su padre, a quien los maestros engañaban con eso del francés. No le dejé continuar, porque me interesaba más saber cómo terminó lo de la torre, y hasta qué piso construyeron, pero no lo sabía.

—Y claro..., lo que yo le dije a la señorita: si lo de los diferentes idiomas es un castigo que Dios nos dio, ¿por qué los hombres seguimos tan orgullosos que todavía no nos hemos dado cuenta de que no debemos derrochar nuestras energías estudiando otras lenguas? ¿Por qué no nos decidimos a hablar todos en la misma?

Le miré con admiración. Jamás me había dado cuenta de lo listo que es.

—Oye, ¿y qué lengua podría ser?

Me miró, sorprendido de que yo fuera tan tonto.

—¿Cuál ha de ser? ¡El español!

—A mí me parece muy bien, pero me da miedo que a lo mejor los franceses prefieren que se hable en francés, y los italianos en italiano, y los ingleses en inglés y, como se pongan cabezones, a lo mejor no quieren colaborar.

—¿Cómo no van a querer? Todo el mundo sabe que el español es el idioma más fácil. Está claro, ¿no?

—No sé...

—¿Cómo que no sabes? El español se aprende sin estudiar, cosa que no ocurre con las otras lenguas. ¿Has estudiado alguna vez español?

—No.

—¿Sabes hablar español?

—Sí.

—¿Has estudiado inglés?

—No.

—¿Alemán?

—Tampoco.

—Pero ¿sabes inglés o alemán?

—No.

—Pues ahí lo tienes. Bien claro. Sabes español sin haberlo estudiado y no sabes otros idiomas porque no los has estudiado, porque son idiomas que si no los estudias no se aprenden, y mira el español... ¡Si hasta los niños más pequeños hablan español!

Empecé a pensar, una por una, en todas las personas del pueblo, y resulta que Seve tenía razón. Todos sabían español. Incluso el primo más pequeño de José Ignacio, que todavía duerme con el chupete puesto, y Macario el peluquero, que es tartamudo.

—Sería estupendo —le dije a mi amigo—. Imagínate, todo el mundo hablando español. Podríamos ir a cualquier país y entendernos los unos con los otros, y no tendríamos que estudiar otros idiomas... Porque, además, hay veces que no te entienden en Francia, porque mi madre aquel día también quería comprar unos guantes para regalarle a mi abuela, y eso sí que no lo entendían. Trató de hacerse entender con mímica, y le sacaron una crema para las manos. Y dijo algo así como «¡mitones!» y le enseñaron una caja llena de botones. Por fin, mi madre le dijo a mi padre: «¿Sabes tú cómo se dice guantes?». Y entonces fue cuando la señora de la tienda la entendió, porque resultaba que sabía español. Las dos se rieron mucho cuando lo averiguaron.

—¿Lo ves? La francesa sabía español, y seguro que no lo había estudiado. No hace falta estudiar español, porque es fácil. En cambio, tu madre no sabía decir guantes en francés, porque el francés es difícil. Pues fíjate, la señorita también se enfadó cuando se lo conté. Habló con mi padre y le dijo que yo, o era un mal educado o deficiente mental. Y mi padre está empeñado en que no soy deficiente mental y la ha tomado conmigo. Sin embargo, yo creo que debería estar contento por tener un hijo fuerte y robusto, y lo primero que se le ha ocurrido es buscar un profesor y decirme que vuelva a casa, cuando mejor lo estaba pasando.

También a mí me pareció una injusticia. Seve viene al pueblo todos los veranos, a casa de José Ignacio, porque son primos, y se pasa bien con él. Y ahora a causa del francés, que es un idioma innecesario, y de la historia, que tampoco sirve para mucho, va y se lo llevan.

—Así que he pensado escaparme —dijo Seve.

Me quedé con la boca abierta.

—¿Adónde piensas ir?

—Me da igual. Seguramente al monte, a vivir como uno que vi en una película, que se alimentaba de la caza y de frutos silvestres y de raíces y cosas así. Yo creo que lo pasaba muy bien. Lo único que necesito es una linterna y algunas herramientas para construir la cabaña, pero José Ignacio me las va a dejar.

Fuimos a casa de José Ignacio y lo encontramos de muy mal humor porque, cuando estaba preparando las herramientas, le pareció que el alicate estaba algo estropeado y, únicamente para ver si funcionaba bien, se había puesto a aflojar y apretar algunas cosas de la moto de su hermano. Estaba seguro de que al final había quedado todo bien ajustado; pero no se explicaba por qué, cuando su hermano iba montado en ella, se le había salido una rueda. Tampoco comprendía la bronca que le echó su padre si, después de todo, a Lorenzo no le había pasado nada. Ni tampoco, que su madre anduviera diciendo a todas las vecinas que se le había erizado el pelo cuando vio desde el balcón cómo la rueda se separaba del resto de la moto y rodaba dos metros por delante.

—Me van a quitar el dinero de la hucha para pagar el arreglo, y yo estaba ahorrando para comprarme una bici. Seve..., ¿sabes una cosa? ¡Que me escapo contigo!

Y los dos se pusieron muy contentos y empezaron a hacer planes olvidándose de mí. Yo me fui a buscar a Rodríguez para ver si quería hacer algo, pero aquel día nada me salía bien.

Rodríguez estaba castigado, y además castigado por una tontería que no lograba entender.

Le había dicho al boticario que su hermana Angelines tiene una foto suya en la mesilla. Me aseguró que era cierto; él la había visto y estaba seguro de que era él, porque un pelo como aquél no se puede confundir con otro. Pues bien, dijo que el boticario se había puesto coloradísimo, y que le dijo con voz entrecortada que no podía ser.

—A mí me ha parecido todo muy raro y, cuando estábamos comiendo, le digo a mi hermana: «Oye, ¿es o no es Víctor ese de la foto de tu cuarto? Porque se lo he dicho y no lo ha creído». Y también ella se ha puesto colorada, ha dicho: «¡Es horrible!», y se ha ido a su cuarto sin parar de llorar. Y mi madre, que va y dice: «¡Este niño es idiota!», y sube detrás de ella. Y todos los demás mirándome, como si hubiera dicho una monstruosidad. Ahora no me habla nadie, y Angelines dice que jamás se atreverá ya a salir de casa por mi culpa. ¿Tú lo entiendes?

Le dije que no. Además, Angelines es horriblemente tonta y muy presumida. A ninguno de nosotros nos gusta.

—He pensado en marcharme de casa, pero me da miedo aburrirme si voy solo. ¿Por qué no vienes conmigo?

—Porque yo no quiero irme. En casa todavía no me han hecho ninguna faena, pero Seve y José Ignacio se van a ir mañana. A lo mejor no les importa que te escapes con ellos.

Se notaba que Rodríguez estaba muy preocupado con todo aquel misterio de su hermana y de Víctor, el de la farmacia, porque no lo pensó más. Dijo que se iba inmediatamente a ver a Seve y José Ignacio para hacer planes, y me quedé solo otra vez.

Así que, como no tenía a nadie con quien estar, me fui a mi casa. Cada vez tenía peor humor, pensando que la culpa de que yo estuviera tan aburrido era de los mayores, que son tan raros y se enfadan por cosas tan tontas como las notas del colegio, las motos y las fotos. Si en vez de preocuparse por bobadas se dedicaran a pensar en que sería mil veces más práctico que todos los terrestres hablaran el español, la vida sería mucho más llevadera.

Y no es que a mí me disguste estudiar. Casi diría que me da igual. O por lo menos, cuando estaba vivo no me atrevía a dejar de estudiar, porque a lo mejor me reñían en casa. Prefería estudiar a que me castigaran; pero, si no me hubiera muerto, si llego a ser mayor y mando, me hubiera ocupado muy seriamente de eso del español, de que lo hablaran en todo el mundo, porque es el único idioma que no se estudia.

Cuando mi madre dio aquel grito, pensé que la estaban matando. Hasta la tijera se me cayó de la mano del susto que me dio.

Pues no, y aunque no me creyeran no lo hice a propósito. Si ni siquiera me daba cuenta de lo que estaba haciendo...

Estaba distraído. Yo no sabía que eran las mejores sábanas de la casa ni que eran bonitos bordados. Ni siquiera sabía lo que eran bordados. Yo creía que eran flores cuando las recorté. Cogí la sábana del cesto de la ropa, mientras mi madre planchaba, y empecé a recortar. He recortado mil veces

19

cosas de las revistas y nunca se han puesto así: que si no pienso en nada, que si soy esto, que si soy lo otro...

Y decidí que yo también me escaparía de casa.

2

Nos encontramos junto al viejo lavadero cuando aún no había amanecido. Faltaba José Ignacio, que siempre llega tarde a todas partes.

Le esperamos mucho rato y, como no llegaba, empezamos a pensar que habría decidido no escaparse. Faltó poco para que nos fuéramos sin él. Pero de pronto apareció dejándonos con la boca abierta, porque venía montado en un carro, con su mula y todo.

—¡Venga ya, subid! —nos dijo.

Se le veía encantado de la cara de admiración que teníamos todos.

El carro ya lo conocíamos, porque lo tenían en un cobertizo de su casa y hemos jugado mil veces con él, pero la mula era un misterio.

—La mula es de Jacinto, el lechero, ya sabéis —nos explicó—. La he tomado prestada. Cuando nos hayamos alejado un poco del pueblo, la soltamos, le damos una palmada en el anca y vuelve sola a su casa porque conoce el camino. La he visto hacerlo mil veces. He pensado que así nos habremos alejado bastante cuando en casa se den cuenta de nuestra fuga, y les será imposible encontrarnos.

Da gusto José Ignacio. Piensa en todo.

Nos montamos todos en el carro, que él llama tartana, y era una gozada porque tenía capota y todo, y nos fuimos a la carretera.

La mula era buena, porque le decíamos «¡arre!» y empezaba a andar como si tal cosa, y cuando decíamos «¡sooo!» se paraba en seco. Rodríguez dijo que íbamos a volver loco al pobre animal con tanto arre y tanto so, y decidimos dejarlo en paz para que siguiera adelante.

A mí aquello me gustó. Ir al trote por la carretera en la tartana viendo cómo el pueblo se alejaba y cómo, poco a poco, se hacía de día.

Entonces empezaron a pasar coches y camiones que corrían mucho. Me alegré de que no nos viera mi madre, porque me haría bajar rápidamente de la tartana diciendo que era peligroso.

Cuando ya llevábamos mucho rato, decidimos meternos por un camino de monte, que es adonde queríamos ir. Además, Seve tenía miedo de que salieran a buscarnos y estaba seguro de que en la carretera general nos encontrarían enseguida. No estaba dispuesto a volver a su pueblo con el profesor de sociales y de francés.

—Lo único que siento es que voy a quedarme sin saber si mi tía obligaría al profesor a entrar en la sala arrastrando las bayetas con los pies. Lo tendría merecido por querer fastidiar a los demás con sus clases.

Y como ninguno entendimos lo de las bayetas, nos explicó que su tía los obligaba a entrar en la sala sobre unos trapos, como si fueran patines, para no manchar el suelo.

—Es una manía que tiene. No piensa más que en el suelo y lo limpia dándole cera. Tiene las maderas tan brillantes que, si te miras, te ves como en un espejo. Y se pone furiosa si se lo manchan.

—A mí no me importaría entrar en nuestro salón patinando en las bayetas. Debe de ser una gozada —dije.

—Pues mi padre se enfada. Teníais que oír las cosas que dice. Se pone de un genio... Y sé que el profesor también se enfadará, pero mi tía no le dejará entrar sin las bayetas. Y eso es lo único que siento, que no voy a poder ver quién gana, si el profe o ella.

—Ganará tu tía. Mi madre dice que tu tía es una Urrundi, y lo dice porque los que se apellidan Urrundi son cabezones —dijo José Ignacio.

—Pues yo no me creo una palabra de eso, porque también yo me apellido Urrundi y no me parezco nada a mi tía.

—Mi madre dice que te pareces a tu madre; pero como tu madre se murió hace muchos años, no podremos saber nunca si mi madre tiene o no razón.

—Ya.

Seguimos hablando de cosas así y, como íbamos distraídos comentando si los que se apellidan Urrundi son o no cabezones porque Rodríguez decía que su hermana es cabezona como ella sola, no pudimos ver bien lo que nos pasó.

Rodríguez dijo que fue porque un burro venía de frente, y quizá nuestra mula estaba en celo y se quería ir con él. Pero José Ignacio decía que las mulas no tienen celos, que ocurrió porque había un pedrusco muy gordo en medio del camino y la tartana tropezó con él.

De todas formas, seguro, seguro no era nada, porque Seve y yo no vimos ni el burro ni la piedra, así que vete a saber si no fueron imaginaciones de los otros.

Lo único que sentí es que la tartana daba vueltas y más vueltas, y que el fondo del barranco iba subiendo, subiendo, hasta que, ¡zas!, chocó contra mi cara. Me parece que oí gritar, y a lo mejor eran mis amigos, que también se habían caído del carro, pero tampoco estoy seguro.

Al fin quedé tumbado en el suelo, y el cielo empezó a alejarse, y yo me dormí tan a gusto.

Después de mucho rato, sentí que alguien me movía; pero, como creía que estaba soñando, no hice caso. Después me colocaron una mano en el lado derecho del pecho, y oí la voz de Rodríguez que gritaba:

—¡Está muerto!

Su voz sonaba diferente a la de todos los días, como si estuviera muy asustado.

—No puede estar muerto. Este barranco no tiene mucha profundidad, al menos no tanta como para matarse..., a nosotros no nos ha pasado nada.

—No le late el corazón. Y cuando el corazón deja de latir, uno se muere.

Me encantó sentir que incluso Seve parecía asustado. Además, me emocioné al ver lo preocupados que estaban con mi muerte.

Era estupendo notar que me querían, como también yo los quería, aunque jamás me había dado cuenta de ello hasta ese momento. Levanté una mano para quitarles la preocupación, porque me daba pena verlos sufrir.

Pues bien, ellos, en lugar de agradecérmelo, dieron un paso atrás y se pusieron a gritar como conejos.

—¡Se ha movido!

—¡Se ha movido!

—¡Se ha movido!

Entonces, para que volvieran a quererme otra vez, volví a quedarme quieto y con los ojos cerrados. Hasta que oí cómo se acerca-

ban de nuevo, primero Seve, luego Rodríguez, y al final José Ignacio.

Me dieron ganas de asustarlos otra vez; pero, como estaban tan callados, empecé a preocuparme, así que decidí dar un golpe de efecto. Me puse de pie de un salto, y grité:

—¡Estoy vivo!

Pero no se lo creyeron. Dijeron que mi corazón no latía y que, cuando el corazón deja de latir, es que uno está muerto. Entonces yo mismo me puse la mano en el pecho y me convencí de que sí, de que estaba muerto, porque si llego a estar vivo me hubiera muerto del susto. Era verdad. Mi corazón no latía.

—Pero no puede ser... —dije.

Y quise ser valiente, no asustarme demasiado, aunque tenía muchas ganas de llorar, porque de repente recordé que faltaban pocos días para mi cumpleaños. Y mi abuelo había dicho que a lo mejor, si me portaba bien, me regalaban una bicicleta de carreras, y es una faena morirse precisamente cuando hay posibilidades de tener una bicicleta, porque yo creo que me estaba portando bien.

—No puede ser —repetí, porque quería convencerme a mí mismo de que morirse no es tan fácil—. Si estuviera muerto de verdad, no podría hablar ni andar, y además os veo.

—Eso no importa. A lo mejor los muertos ven a los otros.

Empecé a sentir mucho miedo, porque ellos me miraban asustados, sin decir nada. Al fin, Seve se llevó la mano al pecho, se puso pálido, y empezó a tartamudear:

—A mí... tamp... tamp... taaampoco me... me... la... la... laaate... —gritó.

Rodríguez y José Ignacio también se palparon el pecho, cada uno el suyo, y los dos se pusieron pálidos. Pero ellos no podían hablar, ni siquiera tartamudeando, como Seve.

—¿Qué? ¿A vosotros tampoco? —pregunté. Y sentí un poco así como de remordimiento, porque me alegraba. En el fondo lo deseaba, porque más vale ser cuatro muertos que uno solo. Si ya es aburrido estar solo cuando se está vivo, cómo será ser un muerto solitario.

Los tres asintieron con la cabeza. Tenían un miedo... Como yo era el muerto más veterano, decidí que tenía que animarlos un poco, por eso, por lo de la experiencia.

—No es tan malo —les dije—. Uno no nota nada, no duele..., yo me siento igual que antes.

Seve se iba animando, porque ya no estaba blanco.

—Entonces... ¿es que nos hemos muerto todos? ¿Los cuatro? —preguntó.

—Seguro.

Pero me fijé que José Ignacio, que siempre piensa en todo, se pellizcaba en una mano, que es lo que suele hacerse para saber si se está dormido o despierto. Pero le dije que la muerte no es lo mismo, que se fijara bien y se convenciera de una vez que, si yo estaba muerto y podía hablar con ellos, era porque también ellos se habían muerto. Pero el muy tonto se resistía, no quería morirse por nada.

—Yo no me imaginaba que se pudieran ver unos a otros.

—Ni yo, pero ya ves que sí. ¿Tú me ves a mí?

—Con toda claridad.

—¿Entonces qué?

José Ignacio es así. Parecía que le había

sentado mal eso de morirse. Para disimular, dijo que a ver ahora quién pegaría a la mula en el anca para que volviera con el lechero, que al fin y al cabo era una buena persona y por nosotros iba a quedarse sin mula.

Y nos miró con cara de mucho rencor, como si nosotros, y no él, hubiéramos tomado prestada la mula de Jacinto.

—Yo lo que me pregunto es dónde están los otros —dijo de pronto Rodríguez.

—¿Qué otros?

—Los otros muertos.

Tenía razón. Tenía que haber muertos. Muchos más muertos. Sabíamos de mucha gente que se había muerto antes que nosotros, y en algún sitio tenían que estar, pero por allí no se veía ninguno. Él se había empeñado en que le gustaría encontrar a su tío Valentín, porque su padre decía que tuvo que dejar una fortuna escondida en casa, pero no la habían podido encontrar por más que miraron por todas partes.

—Quiero preguntarle dónde la guardó. Mi padre decía que no quería saber nada de guardar su dinero en los bancos y todo lo tenía en casa. Pero sólo encontraron ciento setenta pesetas en el bolsillo de sus pantalones.

—No te va a servir de nada —le dijo José Ignacio—. Aunque te lo diga, que no creo que quiera, el dinero ya no te sirve para nada.

—No importa. De todas formas quiero hablar un rato con él. Me gustaría decirle quién soy y preguntarle qué tengo que hacer ahora. Mi madre dice que a cualquier sitio que se vaya viene bien tener conocidos.

—Es verdad —dije—. Creo que alguien debería decirnos qué tenemos que hacer ahora. Supongo que tendríamos que ir al cielo, pero yo no sé por dónde se sube.

Como los otros tampoco tenían ni idea, nos quedamos en silencio, a la espera de no se qué, que no llegaba. Yo imaginé que de un momento a otro aparecería alguna especie de nave y nos llevaría con el resto de la gente. Me preguntaba también si tendríamos que coger pases o entradas para pasar al cielo, o si tal vez darían un carné con foto y todo y así poder entrar y salir cuando nos pareciera.

Pero pasaba el tiempo y nadie venía en

nuestra busca. Empezamos a mirarnos unos a otros.

—Yo me aburro —dijo José Ignacio.

—Yo también.

—Oye, ¿y si jugáramos a tres navíos en la mar o al pote-pote, mientras tanto? —preguntó Rodríguez.

Pero Seve les hizo una seña para que se callaran. Se notaba que estaba pensando sin parar. Siempre que piensa arruga el entrecejo, porque pensar le da mucho trabajo. Su tía, la de aquí, que es madre de José Ignacio, dice que como no piensa nunca, cuando lo hace tiene agujetas por la falta de costumbre. Es como cuando uno anda mucho sin haber entrenado, que luego le duele todo; pero bueno, yo creo que lo dirá en broma.

—Podríamos mirar si hay moras o pacharanes por aquí —les dije—. Yo empiezo a tener hambre.

A Rodríguez y a José Ignacio les pareció bien, porque se pusieron enseguida de pie. Seve nos miró con severidad y con extrañeza, y dijo:

—Los muertos no comen.

Yo me encaré con él, porque me dio rabia

que me diera lecciones. Al fin y al cabo yo era el muerto más antiguo, o al menos el primero en descubrir que estaba muerto, y venía él a decirme lo que tenía o no tenía que hacer.

—Pues bien —le dije—, yo tengo hambre, esté o no esté muerto, y ahora mismo voy a comer algo.

—No creo que puedas ni masticar siquiera. ¿Dónde has visto tú un cadáver masticando?

Yo ni siquiera había visto un cadáver y estoy seguro de que él tampoco. Sólo por fastidiarle, empecé a buscar hasta que encontré unas manzanitas de pastor y me puse a comer. Comía bien, tan normal, igual que cuando estaba vivo. Masticaba y tragaba, masticaba y tragaba. Hasta notaba el buen sabor. Para que luego me vinieran a mí diciendo que los muertos no comen...

En cuanto ellos vieron que no me pasaba nada, empezaron a comer manzanitas. Y después comimos moras y avellanas. Aunque las avellanas no sabían a nada, pero no porque no pudiéramos comerlas, sino porque todavía era demasiado pronto y no habían madurado. Algunas sólo tenían una especie de pelusilla blanca dentro.

También encontramos un nogal. Lo pasamos bien cogiendo las nueces y quitándoles la corteza verde para comer el fruto tierno, que es cuando más rico sabe.

—Mirad. Cuando pelamos las nueces se nos ponen los dedos amarillos como a los vivos —les dije.

Y todos se echaron a reír, porque tenía gracia que también los muertos se manchen. Rodríguez dijo entonces que la única diferencia era que los vivos a su comida la llaman «víveres», y que nosotros tendríamos que llamarla «mórteres», y que lo que podíamos hacer era coger algunos mórteres para tener en reserva por si tardaban en venir los del cielo a buscarnos.

Pero José Ignacio, que siempre piensa en todo, nos hizo callar, porque había tenido una idea.

—¡Ya lo sé! —gritó—. Sé lo que nos ha pasado. No estamos muertos del todo. Somos espectros.

—¿Qué son espectros?

—Fantasmas.

Nos miramos y nos echamos a reír, porque no teníamos aspecto de fantasmas. No nos habían crecido sábanas por encima, ni arrastrábamos cadenas, ni nada. Pero José Ignacio nos dijo que una vez vio una película de fantasmas, y eran como personas normales y corrientes, no con sábanas.

—Lo que pasa es que no habían sido del todo buenos y tenían que vivir algún tiempo en el mundo, encerrada su alma en el cuerpo hasta reparar sus culpas. Y cuando hicieran muchas cosas buenas, se liberaría su alma, el cuerpo se moriría del todo, lo enterrarían, y en paz. Me parece que ése es nuestro caso.

Rodríguez dijo que él nunca había matado a nadie, ni nada así. Y no estaba seguro de que el disgusto de su hermana Angelines por lo de la foto de Víctor, el boticario, fuera un pecado que tenía que purgar, porque su hermana es imbécil y cualquier cosa que él hiciera la molestaba.

También Seve y yo creíamos que nos estábamos portando bastante bien. Aparte de lo de las notas y las flores de las sábanas de mi madre, nadie se quejaba últimamente de nosotros.

Pero José Ignacio nos miró con cara de asombro.

—¿Así que todos os creéis tan buenecitos, eh? —dijo—. Ninguno cree que puede tener algo sobre su conciencia, ¿verdad?

Y los tres dijimos que no.

—Y la mula de Jacinto, ¿qué?

Era verdad.

—Tenemos que buscar la mula. La hemos cogido sin su permiso, le hemos quitado la mula, la hemos robado, y esto pesará sobre nuestras conciencias por toda la eternidad. Y seguro que, cuando hayamos reparado el daño, dejaremos de vagar como fantasmas y alcanzaremos la paz.

Tenía razón. Y es que con José Ignacio da gusto. Piensa en todo.

Nosotros asentimos y comenzamos inmediatamente a buscar la mula. Si ésta era la misión que se nos había encomendado, estábamos dispuestos a cumplirla.

3

EMPEZAMOS a buscar la mula porque queríamos liberar nuestras ánimas.

Lo de que éramos ánimas en pena se le ocurrió a Rodríguez. Yo no tenía ninguna pena aunque no lo dije, porque a lo mejor a los otros les parecía mal que a mí no me importara que el lechero se quedara sin su mula, y es que en el pueblo todos lo aprecian mucho y dicen que es un buenazo.

Lo primero que encontramos fue la tartana toda rota. Se le habían salido las ruedas y cada una había tomado una dirección. Los laterales estaban completamente destrozados. Esto nos desanimó mucho porque, como dijo Rodríguez, si así estaba el carro, qué habría sido de la pobre mula. Podíamos despedirnos de encontrarla viva.

Al oírlo, José Ignacio casi se echa a llorar. Pensaba que, si no restituíamos la mula, nuestras almas vagarían penando toda la eternidad y nuestros cuerpos continuarían en el mundo gimiendo de un lado a otro. Y por lo visto eso de andar gimiendo es algo muy malo.

—Pues si hay que gemir, yo gimo —rió Seve.

José Ignacio le puso muy mala cara y dijo que no era para tomarlo a broma. Él, por su parte, iba a seguir buscando la mula porque, mientras no encontráramos el cadáver por lo menos, no podíamos decir que estaba muerta.

Nosotros le seguimos. Subimos al camino del monte, lo desandamos, aparecimos de nuevo en la carretera general. Para que nadie nos viera, nos arrastramos por la cuneta, pero nada. La mula no se veía por allí tampoco. José Ignacio estaba cada vez más bobo, diciendo lo de vagar por toda la eternidad, y los demás empezamos ya a cansarnos de estar muertos.

—Pues si ya os habéis aburrido, imaginad lo que tiene que ser quedarnos así, por los siglos de los siglos. Si la mula no aparece, eso es lo que nos espera.

Entonces yo me enfadé. Le dije que ya estaba bien de tanto hablar de la mula, como si ésa fuera la única obra buena que se podía hacer en la muerte, y que yo liberaría mi ánima cuando quisiera. Porque había mil cosas que podía reparar, como por ejemplo volver a apilar la leña de mi casa, que la había dejado tirada un día que jugué a hacer con ella un fortín fenómeno, y mi madre se enfadó porque no la recogí.

—Yo regaré las lechugas de la huerta por las noches, y así mi padre no tendrá que madrugar —decidió Rodríguez.

Y José Ignacio, que es un cabezón, dijo:

—Yo seguiré buscando la mula.

Seve tenía puesta la cara de pensar, con el entrecejo arrugado y los dientes apretados. No paraba de pensar. Al fin sonrió y dijo:

—Si alguno de vosotros cree que yo me pienso pasar la muerte haciéndoles cosas a los demás, se equivoca. A mí no me asusta ser un alma en pena y, para una vez que soy un fantasma, lo que pienso hacer es divertirme. Me divertiré de lo lindo apareciéndome a quien me dé la gana. Dejaré huellas de sangre en el suelo de nuestra casa para ver qué cara pone mi tía. Gemiré y arrastraré cadenas alrededor de la gente que me tiene manía, y entraré en todas las casas atravesando las paredes.

—No creo que puedas atravesar ninguna pared —le dije.

—¿Y por qué no? ¿Es que no soy un fantasma?

Era verdad, pero yo no acababa de convencerme.

A lo mejor aún no me había acostumbrado a estar muerto. Seve debía de sentirse muy seguro de sus poderes. Se fue muy decidido hacia una casa que hay muy cerca de nuestro pueblo, que se llama la Venta, y se lanzó contra la pared.

Pero no la atravesó y además se hizo sangre en la nariz. Se enfadó mucho cuando nos reímos.

—Qué gracia, ¿no? —dijo—. Pues duele, ¿eh? ¡Duele!

Y ya iba a empezar a pegarse con nosotros cuando se le ocurrió una idea mejor.

Se limpió la sangre con la mano y después hizo con ella una huella fantástica en el cristal de una ventana de la Venta. Quedaba fenomenal. Una mano sangrienta, con sus cinco dedos separados. Daba pavor.

—Veréis cómo éstos no duermen esta noche —rió.

Después pensó que estaría bien poner otra huella en casa del sacristán. Precisamente hacía dos días le había tirado de las orejas, porque se puso a tocar la campana de la iglesia y la gente creyó que era la novena. Empezaron a ir mujeres, y se quejaban porque les parecía que habían cambiado la hora sin avisar y decían que aquello era una falta de consideración.

Aunque Seve salió corriendo hacia casa del sacristán, no pudo poner la huella. La sangre se le secó en la mano antes de llegar, y no le salía más de la nariz. Eso que se sonó muy fuerte, pero no consiguió ni una gota.

—Cada vez estoy más muerto —nos dijo—, ya no me queda sangre en las venas. Estoy seguro de que me falta ya poquísimo para poder atravesar las paredes. Supongo que eso se consigue cuando se lleva bastante tiempo muerto y uno se convierte en espectro. Sí; creo que hay que ser espectro para atravesar paredes.

Total que, entre una cosa y otra, ya estábamos junto al pueblo y la mula seguía sin

aparecer. Decidimos meternos en el bosquecillo de casa de don Domingo, que es una gozada, porque hay unos helechos más altos que nosotros y así podíamos escondernos. Yo sabía que los fantasmas tienen que ocultarse de día y sólo salen por la noche, pero, cuando ya íbamos a meternos entre los helechos, vimos a Aniceto, el de casa de Lorea. Estaba junto a los nogales de la carretera, que son del padre de José Ignacio, y llenaba de nueces un bolso grande.

—¿Habéis visto? Veréis cuando se entere mi padre. ¡Mira que ser Aniceto el que roba nuestras nueces! Un hombre que parece respetable.

—Tu padre no se va a enterar, porque el único que lo sabe eres tú y, como estás muerto, no se lo vas a poder contar —le dije.

A José Ignacio le dio mucha rabia; aunque estaba reñido con su padre por lo de la moto de su hermano Lorenzo, no podía soportar que Aniceto les quitara las nueces. A mí me parece bien porque la familia de Aniceto es muy rica y tiene de todo. Y a nadie le sienta bien que los ricos roben a su padre.

—Voy a darle un buen susto. Por lo menos de eso no se libra —dijo muy decidido.

Asomó medio cuerpo por encima de los helechos, levantó las manos, y después, con voz muy lúgubre, dijo:

—¡Uh, uh, uh...!

Pero Aniceto ni se movió. Parecía que no había oído nada. Se puso a mirar hacia el otro lado con aire despistado.

—¡Uuuuh, uuuuh, uuuuh! —insistió José Ignacio, con la voz todavía más tremebunda, agitando los brazos.

Pero Aniceto cogió su bolso y se fue tan tranquilo, con auténtico descaro.

—¿Habéis visto? ¡Qué cara tiene! ¡Se lleva nuestras nueces! No le han importado nada mis gritos.

—No te ha visto —susurró Rodríguez, que parecía muy intranquilo—. No te ha visto, porque él está vivo y nosotros muertos. Nos hemos hecho invisibles para ellos, ¿comprendéis?

Y como todos lo comprendíamos, nos echamos a temblar. Ahora sí que aquello iba en serio. Bueno, temblábamos todos menos José Ignacio, que se había olvidado de la mula y ahora sólo pensaba en las nueces.

—¡Jo, Seve, mira a ver si te sacas un poco más de sangre! A éste le plantamos otra mano en su casa ahora mismo. ¡Mira que robar las nueces de mi padre!

Aunque Seve estaba muy contento del efecto que había causado su huella, se negó a repetir el coscorrón por más que José Ignacio se lo pidiera. Rodríguez dijo que podíamos probar con pintura roja, porque nadie iba a notar la diferencia.

—El que se encuentra una huella de sangre en su ventana, coge tal miedo que no creo que se ponga a analizar si es pintura o es sangre. Lo mejor que podemos hacer es ir al pueblo. Yo tengo una caja de acuarelas que nos puede servir. Como somos invisibles, no nos verá nadie.

Nos pareció una buena idea. Ya íbamos a salir a la carretera cuando tuve la idea de hacerlo atravesando la casa de don Domingo, que no sé por qué se llama así, si ninguno de la familia tiene ese nombre. Lo que pasa es que en el pueblo todas las casas tienen nombre desde hace cientos y cientos de años, y nadie, ni siquiera los más viejos, recuerdan por qué se les llamaba así.

Como entrando evitábamos dar un rodeo, empujamos la puerta de la entrada y nos metimos por todo el pasillo hasta la cocina.

Debía de ser ya la hora de comer, porque Jesusa, que es la madre de los de casa de don Domingo, iba con una sopera grande en la mano, y los demás estaban sentados alrededor de la mesa comiendo lechuga.

Cuando salíamos por la ventana, oímos el ruido de la sopera. A Jesusa se le había caído al suelo. Después vimos que Esteban se asomaba a la ventana y miraba asombrado a todas partes.

Debieron de llevarse un susto de miedo, porque seguro que creyeron que la puerta y la ventana se habían abierto solas. Además Seve, que tenía hambre, le había cogido la lechuga del plato a Esteban. Y eso de que a uno le desaparezca de repente la lechuga del plato tiene que ser terrible.

La verdad es que estar muerto y ser por tanto invisible es estupendo. Sobre todo cuando vimos a Aniceto sentado en el banco cercano a la iglesia con el bolso de nueces a un lado, y se lo quitamos en las mismas narices. Se quedó sin saber qué hacer. Con la cara de espabilado que tiene, la puso completamente de tonto. No es para menos, claro. Seguro que, cuando vio cómo el saco se iba solo, pensó que era un castigo que el cielo le enviaba por ladrón.

De pronto agachó la cabeza con aire humilde y se fue hacia su casa sin decir palabra.

Hacía tiempo que no nos divertíamos tanto. Nosotros, cuando todavía estábamos vivos, solíamos entrar en todas las casas. Aquí en el pueblo las puertas están siempre abiertas, ya que todos nos conocemos y somos amigos, pero eso de entrar fantasmalmente era otra cosa. Había que ver la cara de sorpresa que ponían todos cuando se abría la puerta o la ventana y no veían entrar a nadie, y todavía más si movíamos alguna cosa.

Fue una gozada cuando nos metimos por la ventana de casa de Lorea. Allí también estaban comiendo y nosotros dimos una vuelta alrededor de la mesa. Rodríguez llevaba en alto, como si fuera una bandera, la escoba, José Ignacio una azada, y Seve y yo una laya cada uno.

Paseamos por el comedor sin decir ni una palabra. Después nos fuimos tan serios y silenciosos como habíamos entrado y los dejamos a todos pasmados. María Luisa fue la única que habló:

—Bueno..., ¿qué pasa aquí? —preguntó con una voz asombrada, como de no entender nada.

También lo pasamos muy bien cuando estuvimos en casa de los Olave. Ya habían llegado al café, y por cierto lo tomaban con unas magdalenas estupendas, porque las hace su madre y le salen buenísimas. No me extraña que ese pariente que está pasando unos días con ellos las comiera casi sin respirar. Habría que ver cómo me pondría mi madre si yo me pusiera así de comer magdalenas en casa de los Olave.

El pariente es un hombre importante, no sé si alcalde o senador, o alguna cosa de ésas. Puso unos ojos tan saltones que parecía que se le iban a caer al suelo cuando Rodríguez le quitó la magdalena que tenía en la mano, se la comió tranquilamente y después le plantó el moldecito de papel en la cabeza. El resto de la familia se asombró. Todos abrieron la boca como si quisieran decir algo, pero no dijeron nada. Después ya, cuando corríamos por el camino, oímos muchas voces. Todos hablaban a la vez, y por eso no entendíamos lo que decían, pero parecían bastante furiosos.

A Salomé la encontramos en su cocina. Se ve que habían comido temprano y estaba ocupada en llenar botes de mermelada, que luego dejaba sobre la mesa.

No lo habíamos pensado, porque ni siquiera sabíamos que Salomé había hecho ese día mermelada, pero los cuatro tuvimos la misma idea: meter el dedo en todos los botes y chupárnoslo después. Ella tiene un genio endiablado, pero todo el mundo dice que hace la mejor mermelada del pueblo y no nos íbamos a quedar sin probarla. Desde luego era verdad, estaba buenísima.

Yo creo que ni se hubiera enterado, porque estaba de espaldas a nosotros, pero Rodríguez soltó una carcajada. Salomé lo oyó, y tuvimos que correr porque, aunque de momento se quedó tan muda de asombro como los demás, al ver que sus botes se abrían solos, y como no tiene sentido del humor, que también lo dicen en el pueblo, dirigió su cara llena de genio hacia el lugar de donde partía la risa, y gritó:

—¡Eso! ¡Encima con risas! —empezó a dar escobazos y le atinó a José Ignacio, que fue el último en alcanzar la puerta.

No paramos de correr hasta llegar a la iglesia, así que aprovechamos para entrar en casa del cura, que empezaba a comer entonces. Estaba sentado a la mesa con otro cura y con su hermana.

Don Genaro nos cae muy bien. Suele darnos caramelos y cacahuetes, casi nunca se enfada y por eso quisimos hacerle una bonita exhibición.

Seve se colocó en una esquina dándole fuerte a un almirez de cobre con su manija, también de cobre, mientras nosotros tres empezamos a lanzarnos unos a otros las manzanas rojas que había en un cesto.

Creo que tenía que ser de gran efecto ver manzanas rojas volando de un lado a otro al ritmo del almirez, porque don Genaro dijo:

—Pero ¿qué es esto?

Y le temblaba un poco la voz, no sé si por la emoción de lo que veía o porque una de las manzanas le cayó dentro del plato y salpicó todo de sopa.

Lo de casa del cura creo que fue lo que mejor resultó.

Aunque fue improvisado, porque se nos ocurrió de pronto al ver las manzanas, lo hicimos lo mejor que pudimos por el cariño que le tenemos a don Genaro. Cosa bien diferente ocurrió con Vicenta, que es la única del pueblo que no nos deja ni acercarnos a su casa, y eso que es hermana de la abuela de la prima de José Ignacio.

Vicenta estaba sentada en un sillón, dormida y con la televisión a todo volumen, y eso que siempre suele andar diciendo que tiene el sueño ligero y que se despierta con nada, pero no es verdad. Desenchufamos la televisión y ni se enteró. Quisimos asustarla un poco haciendo:

—¡Uuuh, uuuuh, uuuuuh! —con voz tenebrosa, y como si nada.

No íbamos a irnos así, con semejante fracaso. Tomamos la extrema decisión de poner en marcha la lavadora, metiendo dentro dos paletas de jugar a la pelota que había en un banco del pasillo.

Fue una pena que tuviéramos que escaparnos. A mí me hubiera gustado quedarme un poco más porque Vicenta, que presume de finolis, se despertó y empezó a decir tacos sin parar. Ya me hubiera gustado a mí que la oyera mi madre.

Nos fuimos porque José Ignacio no paraba de decir que quería imprimir una mano sangrienta en casa de Aniceto, así que dejamos de entrar en espectro por las casas para ir a buscar las acuarelas de Rodríguez.

—Tú ponte aquí para que yo me suba encima y me meta por la ventana —dijo, porque parece que no quería entrar por la puerta por si se encontraba a su madre.

—¡Pero si no te puede ver! —protesté, más que nada porque Rodríguez es muy grandote y pensé que pesaría la tira.

—Tú no sabes lo que es capaz de ver mi madre si se empeña —dijo muy convencido.

Yo me acuclillé un poco y él se subió sobre mis hombros, alzando después las manos para alcanzar la ventana.

4

AUNQUE Rodríguez pesaba lo suyo, yo la estaba gozando pensando en lo bien que lo íbamos a pasar llenando de misteriosas y terroríficas huellas el pueblo entero. Pondríamos manos en todas las casas donde no nos quieren y se portan mal con nosotros. José Ignacio sólo hablaba de Aniceto y de las nueces de su padre; sin embargo, yo iba más lejos. Cuantas más huellas pusiéramos, más divertido sería.

—¿Subes ya? —pregunté impaciente.

—Sí, sí. Cojo un poco de impulso, y enseg...

Sólo dijo enseg... nada más. Después chilló como una corneja, porque justo en el momento que terminaba de afianzar las manos en la ventana, alguien desde el interior cerró de golpe la persiana, dejándole atrapado.

—Vamos, pensad algo y rápido..., tengo que salir de aquí —dijo Rodríguez. Y aunque hablaba bajo tenía voz de dolerle muchísimo.

A José Ignacio y Seve les había dado por reír, que algunas veces parecen tontos, y yo ya no podía más de tanto tener encima el peso de Rodríguez. Al fin decidieron que podían subirse ellos, uno encima del otro, y hacer palanca con alguna cosa para levantar un poco la persiana y que Rodríguez sacara las manos. Se fueron a buscar alguna herramienta o un palo resistente mientras nosotros, que ya no podíamos más, nos quedábamos esperando bajo la ventana.

Y de pronto, cuando ya iban a trepar uno sobre el otro, se oyeron dentro de la casa los gritos de Angelines, la hermana de Rodríguez, que cada día es más tonta. Decía que en la repisa de la ventana había unas manos humanas, pero unas manos sueltas, sin brazos ni cuerpo.

Su madre también gritó, pero decía que aquello era imposible. Aunque, por si acaso, subió. La madre de Rodríguez siempre acaba haciendo lo que quiere Angelines. Cuando ya se oían sus pasos por la escalera, a Rodríguez le entró tal miedo a que lo encontraran allí con las manos apareciendo bajo la persiana, que dio un tirón fuerte, las sacó, y los dos nos caímos al suelo rodando. Nos levantamos y nos escapamos a todo correr, porque todavía se oían los gritos de Angelines explicando a su madre que eran unas manos vivas, porque había visto cómo movían los dedos, unos dedos con las uñas sucísimas.

Como pensamos que todavía estarían un rato en la habitación buscando las dichosas manos, dimos la vuelta y entramos por la puerta de la cocina para coger la caja de las acuarelas, que era estupenda, de treinta y seis colores. Se ponía un poco de agua en un platillo para mojar el pincel, después se untaba en una especie de pastillita y salía una sangre fenomenal. Además, tres tonos diferentes de rojo.

Disfrutamos muchísimo. Pusimos manos en la puerta de Salomé, que protesta por todo. En la propia casa de Rodríguez, para que se fastidiara su hermana. En la de Vicenta, porque nos tiene tanta manía. En la de Aniceto, por robar las nueces del padre de José Ignacio. Y en la de José Martín, el practicante, porque goza cuando nos tiene que poner inyecciones.

Íbamos a poner otra en casa de doña Manuela, más que nada por terminar la pintura, cuando se abrió la ventana y apareció la cara de Merceditas, su hija. Empezó a alborotar, gritando «¡socorro!, ¡socorro!» como una loca, porque Merceditas siempre ha sido una exagerada. A mí no me parece tan grave que se le grabara la mano roja en la cara. La culpa fue sólo suya por asomarse a la ventana justo cuando Seve iba a poner la mano en el cristal, porque nosotros no teníamos intención de asustarla precisamente a ella. Por eso no veo la razón de que empezara a lanzarme platos, vasos y tazas. Menos mal que no podía vernos y no nos dio ni una vez, pero tuvimos que correr y meternos por una ventana de casa de Salomé, que siempre protesta por todo y no nos puede ni ver.

Allí nos ocurrió algo estupendo. Trepamos por la parra y pasamos por la ventana a un dormitorio. Allí nos encontramos con que en la cama estaba Micaela, que nos miró como si nos viera mientras entrábamos a su cuarto, sin causarle asombro

que se abriera la ventana. Simplemente nos miró como si fuéramos la cosa más natural del mundo. Nosotros nos quedamos sin saber qué hacer. Además, a los cuatro nos gusta Micaela porque es ideal, no como las demás, y siempre habíamos tenido el deseo de gustarle también a ella. Por eso no queríamos asustarla, sino más bien tranquilizarla. Como no sabíamos de qué forma, permanecimos muy nerviosos alrededor de la cama, sin saber cómo hablarle. Todavía no nos habíamos enterado del lenguaje que emplean los fantasmas cuando se aparecen a la gente, y a nosotros nos gusta hacer las cosas bien.

Cuando me di cuenta de que me miraba a mí, decidí hablarle con la «ti», que es un modo de hablar que tenemos los chicos cuando no queremos que los demás se enteren de lo que decimos.

—Tibuetinas titartides —le dije.

Y los demás me miraron con cara de rabia porque les sentó mal que yo llamara la atención de Micaela. Creo que tenían envidia.

—Tino tite tipretioticutipes, tisotimos tiatimitigos, ¿tisatibes?

—Tisí —contestó Micaela.

Me quedé de una pieza. Yo no esperaba que ella supiera hablar con la «ti», pero resulta que sabía. Micaela es estupenda.

Y los otros, al ver lo fácilmente que podía comunicarme con ella desde ultratumba, pusieron aún más cara de rabia.

—¿Tipuetides tivertinos?

—Tisí —respondió.

Entonces José Ignacio se echó a llorar, porque dijo que si podía vernos, eso quería decir que también ella estaba muerta. Y como también a él le gusta Micaela, no quería que se muriese.

Hasta Seve se sentía preocupado diciendo que a ver cómo le explicábamos ahora que se había muerto. Quería avisar a Salomé para que lo hiciera ella, porque su tía, la que les obliga a entrar con bayetas en el comedor, dice que esas cosas son propias de la familia. Pero ninguno nos atrevíamos a enfrentarnos con Salomé, porque tiene tan mal genio que seguramente nos echaría la culpa a nosotros de que Micaela se hubiera muerto.

Así que decidimos decírselo con suavidad, para que no le impresionara mucho, porque

61

a todos nos gusta Micaela y lo último que quisiéramos es hacerle una faena.

—Te has muerto —le dijo Seve—. Ahora eres un fantasma como nosotros.

No le sorprendió nada. Yo creo que hasta se puso contenta. Se sentó en la cama, nos miró y nos preguntó si el Señor nos enviaba a buscarla.

Como no sabíamos qué contestar, nos encogimos de hombros. Pero no le importó que estuviéramos tan poco enterados de su futuro, porque empezó a preocuparse por las cosas de su funeral. Quería saber si Salomé elegiría el cordero mejor cebado para el banquete y si se acordaría de avisar de su muerte a todos los parientes, porque Salomé era muy descuidada para algunas cosas.

Le dijimos que sí a todo, porque es tan estupenda que no queda más remedio que darle gusto.

Cuando decidimos irnos, quiso salir con nosotros, pero después no se atrevió a bajar por la ventana. Volvió a tumbarse en su cama y nos dijo que de allí no se movería. Que el Señor ya encontraría otro medio para llevársela. No le parecía serio que una mujer de noventa años abandonara el mundo deslizándose por la parra que trepaba hasta su ventana, como si fuera un chiquillo.

Nos dijo adiós con la mano y después cruzó las dos sobre el pecho. Cerró los ojos y dijo que así la encontraría el Señor y que esperaba volver a vernos en el cielo.

Nos fuimos encantados porque, ya que nos habíamos muerto, era genial pensar que estaríamos con Micaela, que es tan estupenda, y que además tiene tantísimos años que hasta ha perdido la cabeza y es una gloria estar con ella.

Nos extrañó oír cantar a Salomé cuando llegamos abajo, porque parece que lo único que sabe es protestar por todo. Pero también sabe cantar, y lo hacía mientras pasaba la fregona por el suelo de la cocina. Decía no sé qué de una chica que se quería meter monja cuando llegara el alba, pero que su padre no la dejaba y a ella no le importaba. Era una suerte, porque en la vida real sí que importa si el padre te deja o no te deja ir a algún sitio, por lo menos el mío, y no digamos el de Seve, que encima quiere que estudie durante el verano.

Estuvimos un buen rato asomando la cabeza por la puerta, porque eso de que Salomé cantara no era cosa de perdérselo. Pero Rodríguez no tiene remedio. Otra vez soltó una carcajada, y ella gritó asustada, y dejó de cantar y miró hacia el lugar de donde procedía la risa, pero ya nos habíamos ido.

Como ya no nos quedaba pintura roja y José Ignacio se había aficionado y además estaba muy impresionado con la canción de Salomé, untó el pincel en el platillo del color azul, y escribió en una pared:

ANGELINES SE QUIERE METER MONJA

A mí al principio me pareció una tontería desperdiciar así la pintura. Pero fue tan emocionante la cara que puso Víctor, el de la farmacia, que estaba enfrente cuando vio aparecer aquellas letras como por arte de magia en la pared, que ya no me pareció ninguna idiotez.

Empecé a sentir envidia de todos los vivos del pueblo que tenían ocasión de ver cosas tan estupendas. Tiene que ser maravilloso ver aparecer letras en una pared sin haber nadie escribiendo. Porque claro, como éramos fantasmas, no podían vernos.

Víctor estaba asombrado, de eso no había duda. Se quedó mirando con una cara de tonto como si se fuera a desmayar. Todavía seguía allí plantado mirando el letrero cuando volvimos la cabeza por la otra esquina.

Cuando vimos el efecto, pensamos que podíamos poner algunos mensajes más. Yo decidí ir a mi casa para escribir en la pared del comedor:

CÓMPRALE A TU HIJO UNA BICICLETA

para ver si mi madre hacía caso. Pero recordé que estaba muerto y que ya nunca montaría en bici.

Estábamos pensando el mensaje que pondríamos en cada casa del pueblo cuando, de repente, José Ignacio gritó:

—¡Mirad!

—¿Qué? —dijimos todos.

—Allí, allí..., en el camino de la fuente.

Y cuando la vimos, nos quedamos con la boca abierta.

—Nuestra liberación se acerca —susurró Rodríguez, emocionado.

Y era verdad. Por el camino, y a trotecillo lento, se acercaba la mula de Jacinto.

5

LA mula de Jacinto no tenía celos, pero era terca. Nada más empezar nosotros a llamarla:

—¡«Josefina»! ¡«Josefinaaaa»! —porque se llama Josefina, apretó a correr alejándose de nosotros. Fuimos tras ella cruzando entre las lechugas de Constancio y los gladiolos de Ramonita. Gracias que no nos podían ver, aunque los dos estaban en la puerta, porque se enfadan si pisamos sus cosas. Y no es que nosotros quisiéramos pisarlas, es que no nos quedaba más remedio, a ver qué hubieran hecho ellos en nuestro caso. No creo que les gustara quedarse de fantasmas para toda la eternidad. Y con la mula de Jacinto se liberaban nuestras almas. José Ignacio, que estaba en todo, decía que la cosa era muy seria y que no era cosa de andar pensando en lechugas y gladiolos.

Más de una hora estuvimos corriendo. Parecía mentira con lo dócil que estaba por la mañana, que le decías «arre» y andaba, y le decías «so» y paraba.

Tenía que ser ya muy tarde, porque la campana de la iglesia empezó a tocar para que la gente fuera a rezar el rosario. Nosotros todavía andábamos entre los «bojes» del monte, porque la mula se escondía nada más vernos.

Me parece que nos había cogido manía. Aunque no me sorprende, porque si yo tenía todo el cuerpo lleno de chichones por la caída, tampoco ella debía de estar muy sana. Al fin y al cabo ella tiraba de la tartana y llevaba el peso de todos. Creo que tampoco era para tomarlo así, que lo único que queríamos ahora era llevarla a su casa. Pero «Josefina» demostraba ser muy desagradecida.

Nos alejamos del pueblo. Llegamos hasta una casa vieja, que dicen que era de brujas. José Ignacio propuso que nos quedáramos a pasar la noche allí. Ya estaba anocheciendo y habíamos perdido de vista la mula. No podíamos pensar en alcanzarla hasta la mañana siguiente.

A mí me daba mucho miedo entrar en la casa. Mi abuelo dice que era de una prima de Mari-Zozaya, que debía de ser la bruja más mala de todas. Y era tan amiga de su prima, que solía ir a vivir con ella cuando había fiestas en el pueblo. Pero Rodríguez dijo que no había nada que temer, porque las brujas nada pueden contra los espíritus fantasmales, así que entramos. Olía mal, y yo no hacía más que mirar a los lados, porque todo estaba en sombras y no me sentía muy seguro.

En la cocina no encontramos nada para comer. Nos quedamos sin cenar y nos tumbamos en el suelo a dormir, aunque ninguno teníamos sueño.

Para no aburrirnos, empezamos a contar historias de ladrones y de aparecidos y de si las brujas serían brujas de verdad, o si la gente lo decía para dar miedo.

Cuando ya no sabíamos qué más contar, nos quedamos callados. Me fijé en que ya se había hecho de noche, porque no entraba luz por la ventana y apenas se notaba el contorno de mis amigos.

Cerré los ojos muy fuerte con ganas de dormirme. Después de oír tantas cosas de fantasmas y brujas tenía mucho miedo. Hubiera dado cualquier cosa, hasta la bicicleta que a lo mejor me iba a regalar el abuelo, por estar vivo otra vez y volver a casa con mi madre. Seguro que ya me había perdonado el haber recortado las flores bordadas de las sábanas, porque mi madre es muy buena.

Empecé a pensar en ella y en lo triste que estaría porque me había muerto y ya tenía un hijo menos. Al fin y al cabo yo era uno de sus únicos cuatro hijos...

Y vi mi casa y a mamá rodeada de las vecinas que habían ido a consolarla. Cuando vi también a mi padre paseando muy serio por la entrada, porque también estaría muy apenado, se me puso un nudo muy duro en la garganta.

Oí sollozos y pensé que era yo quien lloraba, que a lo mejor al ser espíritu lloraba sin sentirlo. Pero lo último que hubiera pensado es que fuera Seve, que todos lo respetamos tanto, porque es fuerte como un toro y se atreve a todo.

—¡Quiero irme a casa! —gritó angustiado—. ¡Me da miedo dormir rodeado de muertos!

José Ignacio también se echó a llorar. Dijo que la mula podía irse al cuerno, que estaba harto de ella y que no dormiría en aquella casa aunque le dieran una bici de carreras con cambio de marchas.

Rodríguez todavía no lloraba, pero temblaba tanto que se oía cómo le castañeteaban los dientes. Como resultó que todos estábamos muertos de miedo, sin decir palabra y sin ponernos siquiera de acuerdo, echamos a correr hacia la puerta. Nos empujamos unos a otros para escapar de allí lo antes posible.

Pero estaba demasiado oscuro, tan oscuro que nos perdimos dentro de la casa. Además nos parecía que estaba llena de ruidos y crujidos espeluznantes. Las maderas del suelo se movían al andar. Cuando ya creíamos haber llegado a la puerta de salida y la abrimos, Rodríguez, que era el que menos miedo tenía, lanzó un chillido aterrador. Dijo que allí estaban Mari-Zozaya y las otras brujas, seguramente celebrando un aquelarre. Todos echamos a correr hacia atrás, dándonos contra las paredes, porque aquella casa tenía paredes por todas partes.

Tuvimos que quedarnos acurrucados en el suelo, y bien callados, que casi ni nos atrevíamos a respirar. Había que ver al pobre Seve, llorando sin parar, y sin poder sorberse las narices, por si salían las brujas con el ruido que habíamos organizado.

Yo me había tapado la cara con las manos, pero las retiré cuando vi la luz.

Era la luna que había salido y alumbraba por la ventana.

Poco a poco me fui acostumbrando y empecé a ver. Miré hacia aquel cuarto que tanto había asustado a Rodríguez y vi que Mari-Zozaya no era Mari-Zozaya, sino una estatua de la Virgen. Lo sé porque tenía una coronita de estrellas en la cabeza y el niño sentado sobre sus rodillas. Y aunque la cara no la tenía muy bonita, miraba con una sonrisa que daba confianza. Lo mismo el Niño, aunque su cara pareciera un poco vieja para ser un niño.

También había otra gente, pero tampoco eran brujas. Aunque no los conocía, parecían más bien santos, porque estaban subidos en pedazos de altares.

Cuando me aseguré de lo que veía, se lo

dije a los otros para que respiraran tranquilos. Después nos fuimos al pueblo.

Nos costó llegar, porque la luna alumbra poco y casi no veíamos el camino. Menos mal que las luces de las casas nos guiaban, que si no, nos perdemos otra vez.

Cuando llegamos a la carretera no podíamos más de cansancio, y eso que José Ignacio decía que nuestros cuerpos no pesaban. Pero yo le contesté que precisamente un cuerpo muerto pesa más. Él decía que no, y yo que sí. Y como estábamos agotados, no teníamos ganas ni de pegarnos.

Además no hubiéramos podido hacerlo porque, cuando estábamos discutiendo sobre el peso de los cuerpos muertos, Rodríguez levantó la mano y señaló el puente.

Allí estaban su padre, el de José Ignacio, el de Seve y el mío con mucha gente a la que no distinguíamos bien. Hablaban fuerte y miraban por todas partes.

—Nos están buscando —dijo Seve.

—¿No habrán encontrado nuestros cadáveres todavía? —se preguntó José Ignacio muy extrañado.

—¿Cómo van a encontrarlos si los llevamos con nosotros? ¿No decías que no nos íbamos a liberar de nuestros cuerpos hasta haber purgado nuestros delitos? Y mira que no ha sido por falta de interés, pero la mula no quería saber nada con nosotros... —dijo Rodríguez.

Yo me asusté. Nuestros padres no tenían cara de estar preocupados, sino más bien enfadados, que por lo menos yo al mío lo conozco muy bien, y no me equivocaba. Cuando estuvimos cerca y pudimos oír lo que decían, me alegré de estar muerto y de que no pudieran vernos.

Lo que más rabia nos dio fue lo de Jacinto, que es un hombre al que todos apreciamos porque parecía una buena persona. Pero por lo visto de buena persona nada, porque era el que más gritaba. Todo el rato hablando de su mula, y de que a él quién se la devolvía ahora. Que se la habían quitado el chico del veterinario y otros tres más. Y que más de cuatro nos habían visto con ella por la mañana, tirando de la tartana.

Como el chico del veterinario soy yo y los otros tres Seve, José Ignacio y Rodríguez, nos echamos a temblar. Parecía que nuestros padres no pensaban en defendernos como tienen que hacer siempre los padres, sino que le daban la razón al lechero. Le decían que tuviera paciencia, que esperara a encontrarnos, porque en cuanto nos vieran se sabría el paradero de «Josefina».

La madre de José Ignacio estaba muy triste. Parecía que se iba a poner a llorar, hablando con Jesusa, que es la madre de los de casa de don Domingo. Decían que no podían explicarse nuestra conducta porque, aunque siempre hemos sido chicos traviesos, nunca mal educados. Jesusa insistía en que tampoco ella lo habría creído si no lo hubiera visto porque eso de que entráramos por la puerta y saliéramos por la ventana sin saludar siquiera, después de coger con los dedos lechuga del plato de su marido...

—Créeme, Ana Mari, que nos hemos quedado sin habla.

Otras mujeres empezaron a rodearlas y a acusarnos. Salomé la primera, claro. Contó a todo el mundo que, además de meter el dedo en su mermelada, nos habíamos reído de ella en su propia cara. María Luisa, la mujer de Bernabé, que tiene mejor carácter, se moría de risa contando el efecto que había causado en su casa, paseando alrededor de la mesa, en silencio, con escobas y layas. Pero que creía que estaríamos jugando a las prendas. Por el contrario, Vicenta no se cansaba de decir lo mal que nos habían educado nuestros padres y el susto tan aterrador que le habíamos dado.

También estaba don Genaro, que fue el único que nos defendió. Dijo que eran cosas de niños y que como tal debían tomarse. Bromas de chicos, insistía, aunque sabemos que la sopa de su plato estaba muy caliente y se había quemado un poco cuando le salpicó la manzana. Pero don Genaro es otra cosa, no hace montañas de cosas pequeñas, como lo estaba haciendo Jacinto, que no paraba de suspirar:

—¿Y mi mula? ¿Qué hago yo sin la mula?

Y mi padre volvía a decirle que no se preocupara, que su mula aparecería, que lo único que quería era coger a su hijo por su cuenta.

Y como su hijo era yo, empecé a ponerme nervioso. Mi padre se enfada pocas veces, pero cuando se enfada no lo hace en broma. También estaba allí Ramonita hablando de sus gladiolos con Victorina. Todavía no se había recuperado de la impresión de ver a

José Ignacio tapando con el dedo gordo el pitorro del porrón, justo cuando su padre bebía vino. El pobre se había llevado tal sorpresa, que se había atragantado con lo que ya tenía en la boca y casi se ahoga.

—Cosas de chicos, cosas de chicos... —seguía diciendo don Genaro, pero nadie le hacía caso. ¿Cómo iban a hacerle caso si estaban todos mirando a Angelines, la hermana de Rodríguez, que cada día es más tonta?

Estaba chillando como una loca. No me extraña que Rodríguez diga que no hay quien la aguante y que es imposible vivir con ella.

Señalaba la pared de la farmacia. Se puso otra vez a llorar, diciendo que a ver quién decía que ella quería meterse monja. Que era una calumnia, que todos la hacen sufrir, que nadie la quiere y que se quería morir.

En la puerta de la farmacia estaba Víctor, el boticario, y no me extraña nada que se pusiera a reír, porque Angelines no decía más que tonterías. Pero ella, al ver que se reía, aunque lo hacía con discreción, se fue hacia él y le dijo en voz baja que si se quería meter monja era por él, y eso que era un completo imbécil.

Me extrañó que Víctor no se pegara con ella. Ni siquiera se enfadó. Puso cara de tonto y le dijo que se alegraba de que no se metiera monja, porque también él tenía una foto suya en la mesilla, aunque a lo que aspiraba era al original. Ella le contestó que qué cosas tenía.

Como me pareció una conversación de idiotas, empecé a pensar que tenía que estar soñando, que al fin me había dormido en la iglesia del monte y que todo lo que ahora veía formaba parte del sueño. Pero no era así porque, de pronto, alguien gritó:

—¡Miradlos! ¡Ahí están!

6

No puedo explicármelo, pero nos veían.

Nos veían todos, y fue inútil intentar hacerles comprender que éramos fantasmas. Nadie lo creía.

Todos nos habían visto entrar en sus casas, y su asombro no se debía a que se abrieran y cerraran las puertas y ventanas, sino a nuestras payasadas.

Nuestra última esperanza era Micaela. Les dijimos que también ella había muerto y lo sabía todo, y Salomé entró en su casa dando gritos:

—¡Madre! ¡Madre! ¿Qué le han hecho a usted estos locos?

Pero al momento salió muy enfadada diciendo algo de que le daba vuelcos el corazón por el susto que le habíamos dado.

Ya sabía yo que acabaría echándonos la

culpa de que se había muerto su madre, que ya sabemos cómo es Salomé.

Pero Micaela es estupenda. Enseguida bajó a defendernos con su camisón de franela blanco hasta los pies, una toquilla negra, y el pelo largo hasta la cintura, que parecía de plata de lo bonito que lo tiene cuando no se lo recoge en un moño.

Dijo que estaba muerta, se sentía segura de ello, porque el Señor había enviado ya cuatro ángeles a buscarla. Pero que no tuvo valor para bajar por la parra y que no se movería de su cama mientras los ángeles no le prepararan un camino más fácil. Dijo que había muerto por más que Salomé se empeñara en negarlo, que incluso se obstinaba en no matar un cordero para el día de su funeral.

—Y en nuestra casa siempre se han celebrado los mejores banquetes de funeral del pueblo —añadió muy enfadada.

—Cada día está peor la pobre... ¡Qué cruz! ¡Qué cruz! —se lamentó Salomé.

Jacinto le contestó que peor estaba él sin su mula. Mi padre, que al fin había logrado llegar hasta nosotros, me cogió de un brazo y me dijo que suponía que le iba a dar alguna explicación. No tuve más remedio que contarle lo de la fuga y el accidente de la mula, que nos tiró por el barranco.

—Estoy muerto, papá. Mi corazón ya no late, compruébalo tú mismo —dije poniendo su mano sobre mi pecho.

Me dio vergüenza que todos se rieran de mí, porque resultaba que el corazón está a la izquierda y yo no lo sabía. Y sí que latía, y bien fuerte, cuando me puse la mano. Pim, pom, pim, pom. Y de verdad que no sé si me alegró, aunque ya estuviera harto de estar muerto. Pero las caras que me miraban no eran para desear estar vivo.

Don Genaro, que es tan estupendo, se echó a reír y dijo que hacía tiempo que no se reía tanto porque no había oído algo tan divertido. Ya creíamos que los demás también iban a tomarlo a broma, porque la gente del pueblo suele hacer caso de don Genaro, que es buenísimo. Pero Jacinto, que estaba resultando mucho menos simpático de lo que parecía, volvió a quejarse.

—Todo eso está muy bien —dijo—. Pero ¿me dirá usted, señor cura, cómo reparto yo mañana la leche si no me devuelven mi mula?

—¿Y qué quiere que hagamos si la mula no quiere nada con nosotros? —gritó José Ignacio—. Llevamos todo el día tras ella. Nos hemos tomado infinidad de molestias para devolvérsela, pero no quiere venir.

—¿Dónde está? —preguntó Jacinto.

¡Qué pesado estaba con la dichosa «Josefina»!

—Allá arriba, en la iglesia de las brujas.

Y volvieron a enfadarse otra vez, creyendo que decíamos tonterías. Estaban empeñados en que en ese monte no hay ninguna iglesia. Nuestros padres decían que ya estaba bien, y nuestras madres querían llevarnos a casa diciendo que allí nos entenderíamos mejor. Yo también quería irme, porque ya estaba cansado de todo. Dijimos que peor para ellos si no lo creían, pero que habíamos visto altares llenos de santos y una Virgen con un Niño en brazos, y que la Virgen sonreía y el Niño tenía una sandía grande en la mano.

Mi padre parecía cada vez más enfadado. No sé por qué no me creía si yo casi nunca digo mentiras. Ya me veía todo el verano sin paga y sin salir de casa y, por si fuera poco, sin la bici del abuelo.

Pero los mayores son extraños. Se olvidaron de nosotros y empezaron a agruparse alrededor de don Genaro, que parecía muy emocionado, y no hacía más que decir: «No nos hagamos ilusiones, es posible que no sea la nuestra... Pero ¿y si lo fuera?».

Y todos querían que lo fuera. Empezaron a hablar de unos ladrones de obras de arte que pasaron hace muchos años por el pueblo, tantos años hacía, que ninguno de los chicos sabíamos nada. Sólo lo recordaban los mayores.

Don Genaro, que se ponía más nervioso por momentos, nos llamó a su lado. Quería saber en qué lugar exactamente habíamos visto a la Virgen y si era pequeñita y de plata. Salomé, toda sonriente, decía:

—¡Qué chicos! ¡Qué chicos éstos! —como si nos quisiera mucho.

De repente todos habían olvidado nuestras apariciones de la tarde, portándonos como chicos mal educados, que entraban en las casas sin saludar siquiera. Empezaron a tratarnos como si hubiéramos hecho algo muy importante... Yo casi no podía creerlo.

Nos dijeron que los acompañáramos al monte para enseñarles aquella iglesia. Nuestras madres no confiaban en nosotros y empezaron a decir que era demasiado tarde. Aunque lo que tenían era miedo de que todo resultara como lo de nuestra muerte. Que ni mucho menos estábamos muertos como nos había hecho creer Aniceto, por hacerse el despistado cuando lo encontramos robando las nueces del padre de José Ignacio.

Como nosotros estábamos seguros de lo que decíamos, y sobre todo Rodríguez, que comenzaba a sentirse héroe, decidimos subir con los mayores, que ya habían empezado a buscar linternas. Ninguno es capaz de negarse a lo que pida don Genaro por lo estupendo que es, que todo el mundo lo aprecia.

Nos pusimos en marcha hacia la casa vieja, que ya no me aclaraba si era una casa o una iglesia. Todos íbamos tan contentos, aunque no dejara de oírse la voz de Jacinto hablando de su mula, que también son ganas de exagerar, digo yo...

La encontramos justo en la puerta de la casa. En cuanto nos vio, trató de escapar de nuevo. Pero Jacinto se lanzó como una flecha hacia ella, la apaciguó y se bajó hacia

el pueblo. No le importaba nada que allá dentro estuviera o no la Virgen de plata.

Vista a la luz de las linternas ya no me parecía fea, aunque sí que tenía la cabeza demasiado grande para un cuerpo tan pequeño. Cuando se lo dije a don Genaro, me contestó que en aquella época las Vírgenes se hacían así.

El Niño tampoco estaba mal, porque me sonrió en cuanto me vio. Lo que tenía en la mano no era una sandía, como yo creía, sino el mundo, con la parte de España mirando hacia nosotros, que en eso notamos que era el mundo.

Don Genaro tenía cara de emoción. Nos cogió a todos bajo sus brazos, porque aunque él es muy viejo, tiene el cuerpo grande y fornido. Nos dijo que aquél era el día más feliz de su vida. Nos contó que hacía ya treinta años que aquella imagen había desaparecido de la iglesia de nuestro pueblo y que, aunque por entonces se detuvo a unos ladrones de obras de arte, ellos negaron haber robado la Virgen. Por eso nunca se supo dónde la habían escondido.

—¡Cómo íbamos a suponer que la teníamos tan cerca! —dijo.

Y Salomé contestó:

—¡Qué chicos éstos! ¡Qué chicos!

Cuando ya todos vimos bien la Virgen, los hombres empezaron a pensar en lo que debían hacer. Esteban, el de casa de don Domingo, decía que lo primero era llamar a la policía, porque además los santos no eran nuestros, sino de otro pueblo. Comentaban que era todo un altar desmontado, que lo llamaban el retablo de Pentecostés porque los santos eran los apóstoles, y que habría que avisarlos, a los del otro pueblo, no a los apóstoles.

Pero Bernabé dijo que no. Que la Virgen volvía al pueblo inmediatamente. Como es tan forzudo, la cogió debajo del brazo y dijo que la llevaría inmediatamente a la iglesia, que es donde debía estar. Todos nos fuimos tras él.

Ya nadie se metía con nosotros. Al contrario, empezaban a querernos mucho, así que yo también comencé a ponerme contento.

Bueno, muy, muy contento no, porque me inquietaba mirar a mamá. No parecía muy satisfecha de tener un hijo tan importante, que había recuperado una Virgen y todo eso.

Mi madre tenía la misma cara de aquellas Navidades cuando desapareció el Niño Jesús del Belén de la iglesia y se organizó un jaleo tan grande. Hasta Salomé y las otras hablaban de hacer no sé qué de desagravio, que debe de ser algo que se reza mucho, porque decían que el Niño lo habían robado y querían llamar a la policía y todo.

Pues bien, una noche mi madre entró en el cuarto de mi hermana María, que es muy pequeña, para darle un beso. La encontró durmiendo tan a gusto con el niño Jesús dentro de su cama.

Y mi madre tenía cara de estar muy apurada cuando al día siguiente fue a llevar el Niño a don Genaro. Decía que estaba tan avergonzada, que él le tuvo que decir que el Niño Jesús nunca tuvo en Nazaret tan buen compañero de juegos como mi hermana.

Mi madre es a veces tan rara, que estoy seguro de que se acordaba más de que su hijo había metido el dedo en la mermelada de Salomé y picado lechuga del plato de Esteban y paseado con una escoba en alto por el comedor de los de Lorea, que de lo bueno que había sido que él y sus amigos encontraran la Virgen de la iglesia y el retablo de los apóstoles del pueblo de al lado.

Pero todo se arreglará. Estoy seguro de que tiene que arreglarse. Bueno, ¡si hasta Salomé había sonreído!

Estaba convencido de que no me negaría una rebanada de pan con mermelada cuando se la pidiera al día siguiente, ni al otro, ni al otro... ¡Y qué buena mermelada hace!

Por otra parte, Aniceto estaba muy nervioso. Teníamos claro que hizo como si no nos viera cuando lo encontramos robando las nueces y que ahora estaba asustado. Aniceto no quería por nada del mundo que en el pueblo se enteraran de que robaba, y todavía menos de que se enterara María Luisa, su hija, que siempre presume mucho porque son tan ricos.

Y Aniceto tenía muchas cosas interesantes que nos podía prestar para jugar. Una especie de trabuco antiguo y dos cencerros gigantescos, que meten un ruido infernal; unos zuecos de madera que es muy divertido ponerse; una buena manguera de regar; una piedra para afilar cuchillos, que funciona dándole a una manivela; una navaja con nueve hojas. Y además sabe hacer flautas.

No sé por qué, pero cada vez que mirábamos a Aniceto, él esquivaba nuestras miradas. Me parecía que no iba a poner ningún inconveniente si le pedíamos alguna de sus cosas durante tiempo y tiempo...

Lo único que me preocupaba era lo de mi madre.

Es curioso, pero a las madres nada les compensa de tener un hijo mal educado.

Y no es que nosotros seamos mal educados. Si pinté algunas manos de sangre, si chupé de la mermelada de Salomé y todo eso no fue con mala intención, sino porque creía que era un fantasma. Después de todo, yo no tengo la culpa de que el corazón no esté en el lado derecho, como sería lógico.

Pero era estupendo estar vivo otra vez. Puede ser divertido ser fantasma de día, pero luego llega la noche y ya no tiene tanta gracia.

Además estaba cansado. La mula Josefina nos había hecho correr mucho, y luego volver otra vez a rescatar a la Virgen. ¡Ya no podía más!

Empecé a pensar con gusto en mi cama, tan blanda y calentita, y en que pronto me metería en ella. Me pregunté si mamá entraría como todas las noches a darme un beso.

Mañana intentaría pegar con pegamento todas las flores bordadas que había recortado de las sábanas. Seguro que me quedarían bien, que el estropicio no se notaría demasiado.

Y mamá me iba a perdonar, estaba seguro, porque mi madre es estupenda.

EL BARCO DE VAPOR

SERIE NARANJA (a partir de 9 años)

1 / *Otfried Preussler*, **Las aventuras de Vania el forzudo**

2 / *Hilary Ruben*, **Nube de noviembre**

3 / *Juan Muñoz Martín*, **Fray Perico y su borrico**

4 / *María Gripe*, **Los hijos del vidriero**

6 / *François Sautereau*, **Un agujero en la alambrada**

7 / *Pilar Molina Llorente*, **El mensaje de maese Zamaor**

8 / *Marcelle Lerme-Walter*, **Los alegres viajeros**

9 / *Djibi Thiam*, **Mi hermana la pantera**

10 / *Hubert Monteilhet*, **De profesión, fantasma**

11 / *Hilary Ruben*, **Kimazi y la montaña**

12 / *Jan Terlouw*, **El tío Willibrord**

13 / *Juan Muñoz Martín*, **El pirata Garrapata**

15 / *Eric Wilson*, **Asesinato en el «Canadian Express»**

16 / *Eric Wilson*, **Terror en Winnipeg**

17 / *Eric Wilson*, **Pesadilla en Vancúver**

18 / *Pilar Mateos*, **Capitanes de plástico**

19 / *José Luis Olaizola*, **Cucho**

20 / *Alfredo Gómez Cerdá*, **Las palabras mágicas**

21 / *Pilar Mateos*, **Lucas y Lucas**

25 / *Hilda Perera*, **Kike**

26 / *Rocío de Terán*, **Los mifenses**

27 / *Fernando Almena*, **Un solo de clarinete**

28 / *Mira Lobe*, **La nariz de Moritz**

30 / *Carlo Collodi*, **Pipeto, el monito rosado**

34 / *Robert C. O'Brien*, **La señora Frisby y las ratas de Nimh**

35 / *Jean van Leeuwen*, **Operación rescate**

37 / *María Gripe*, **Josefina**

38 / *María Gripe*, **Hugo**

39 / *Cristina Alemparte*, **Lumbánico, el planeta cúbico**

42 / *Núria Albó*, **Tanit**

43 / *Pilar Mateos*, **La isla menguante**

44 / *Lucía Baquedano*, **Fantasmas de día**

45 / *Paloma Bordons*, **Chis y Garabís**

46 / *Alfredo Gómez Cerdá*, **Nano y Esmeralda**

48 / *Mollie Hunter*, **El verano de la sirena**

49 / *José A. del Cañizo*, **Con la cabeza a pájaros**

50 / *Christine Nöstlinger*, **Diario secreto de Susi. Diario secreto de Paul**

51 / *Carola Sixt*, **El rey pequeño y gordito**

52 / *José Antonio Panero*, **Danko, el caballo que conocía las estrellas**

53 / *Otfried Preussler*, **Los locos de Villasimplona**

54 / *Terry Wardle*, **La suma más difícil del mundo**

55 / *Rocío de Terán*, **Nuevas aventuras de un mifense**

61 / *Juan Muñoz Martín*, **Fray Perico en la guerra**

62 / *Thérèsa de Chérisey*, **El profesor Poopsnagle**

64 / *Elena O'Callaghan i Duch*, **Pequeño Roble**

65 / *Christine Nöstlinger*, **La auténtica Susi**

66 / *Carlos Puerto*, **Sombrerete y Fosfatina**

67 / *Alfredo Gómez Cerdá*, **Apareció en mi ventana**

68 / *Carmen Vázquez-Vigo*, **Un monstruo en el armario**

69 / *Joan Armengué*, **El agujero de las cosas perdidas**

70 / *Jo Pestum*, **El pirata en el tejado**

71 / *Carlos Villanes Cairo*, **Las ballenas cautivas**

72 / *Carlos Puerto*, **Un pingüino en el desierto**

73 / *Jerome Fletcher*, **La voz perdida de Alfreda**

74 / *Edith Schreiber-Wicke*, **¡Qué cosas!**

76 / *Paloma Bordons*, **Érame una vez**

77 / *Llorenç Puig*, **El moscardón inglés**

78 / *James Krüss*, **El papagayo parlanchín**

79 / *Carlos Puerto*, **El amigo invisible**

80 / *Antoni Dalmases*, **El vizconde menguante**

81 / *Achim Bröger*, **Una tarde en la isla**

82 / *Mino Milani*, **Guillermo y la moneda de oro**

83 / *Fernando Lalana y José María Almárcegui*, **Silvia y la máquina Qué**

84 / *Fernando Lalana y José María Almárcegui*, **Aurelio tiene un problema gordísimo**

85 / *Juan Muñoz Martín*, **Fray Perico, Calcetín y el guerrillero Martín**

86 / *Donatella Bindi Mondaini*, **El secreto del ciprés**

87 / *Dick King-Smith*, **El caballero Tembleque**

88 / *Hazel Townson*, **Cartas peligrosas**

89 / *Ulf Stark*, **Una bruja en casa**

90 / *Carlos Puerto*, **La orquesta subterránea**

91 / *Monika Seck-Agthe*, **Félix, el niño feliz**
92 / *Enrique Páez*, **Un secuestro de película**
93 / *Fernando Pulin*, **El país de Kalimbún**
94 / *Braulio Llamero*, **El hijo del frío**
95 / *Joke van Leeuwen*, **El increíble viaje de Desi**
96 / *Torcuato Luca de Tena*, **El fabricante de sueños**
97 / *Guido Quarzo*, **Quien encuentra un pirata, encuentra un tesoro**
98 / *Carlos Villanes Cairo*, **La batalla de los árboles**
99 / *Roberto Santiago*, **El ladrón de mentiras**
100 / *Varios*, **Un barco cargado de... cuentos**
101 / *Mira Lobe*, **El zoo se va de viaje**

102 / *M. G. Schmidt*, **Un vikingo en el jardín**
103 / *Fina Casalderrey*, **El misterio de los hijos de Lúa**
104 / *Uri Orlev*, **El monstruo de la oscuridad**
105 / *Santiago García-Clairac*, **El niño que quería ser Tintín**
106 / *Joke Van Leeuwen*, **Bobel quiere ser rica**
107 / *Joan Manuel Gisbert*, **Escenarios fantásticos**
108 / *M. B. Brozon*, **¡Casi medio año!**
109 / *Andreu Martín*, **El libro de luz**
110 / *Juan Muñoz Martín*, **Fray Perico y Monpetit**
111 / *Christian Bieniek*, **Un polizón en la maleta**
112 / *Galila Ron-Feder*, **Mi querido yo**